你笑了，
全世界……了，
快樂的……來了。

朵朵小語

你笑了，花開了

朵朵—著

朵朵小序——

你笑了，花開了

這個春末夏初的早晨，我坐在山邊的櫻樹下望向遠方，所有的櫻花都落了，但綠蔭滿枝呈現了豐盛的姿態，醞釀著下一次的花期。

櫻花謝了，然而桐花正在盛開，輕風一吹，就紛紛飄下潔白如雪的花朵。再過一些時日，當桐花季節過去，將是相思花開的時候，那時滿山遍野又會染成一片嫩黃。

這個世界是這麼美麗，每一個階段、每一個當下，都有不同的景色；這個世界同時也是這麼友善，任何時候都慷慨無私地與你分享祂的一切。

但是，如果心眼沒有打開，再美的風光也是視而不見吧。

外面的世界總是與內心相印。

內心是喜悅的，世界就處處美善；內心若是一片陰暗，世界也就失去了光采。不同的人感受到的是不同的世界，可以這麼說，我們都是自己世界的造物主。

所以，幸福其實不是條件的擁有，而是一種個性，懂得感謝並體驗微小的細節，在任何狀態下都能看見生命的禮物，都能感覺喜悅與恩寵，這樣的個性怎能不幸福？

曾經在走過幽谷的時候，當我在困頓之中看見了閃爍的微光，那樣的光當下就把一切黑暗都照亮了，於是我的心境瞬間也充滿了光，變得明亮開朗，知道萬事萬物都自有安排，無須

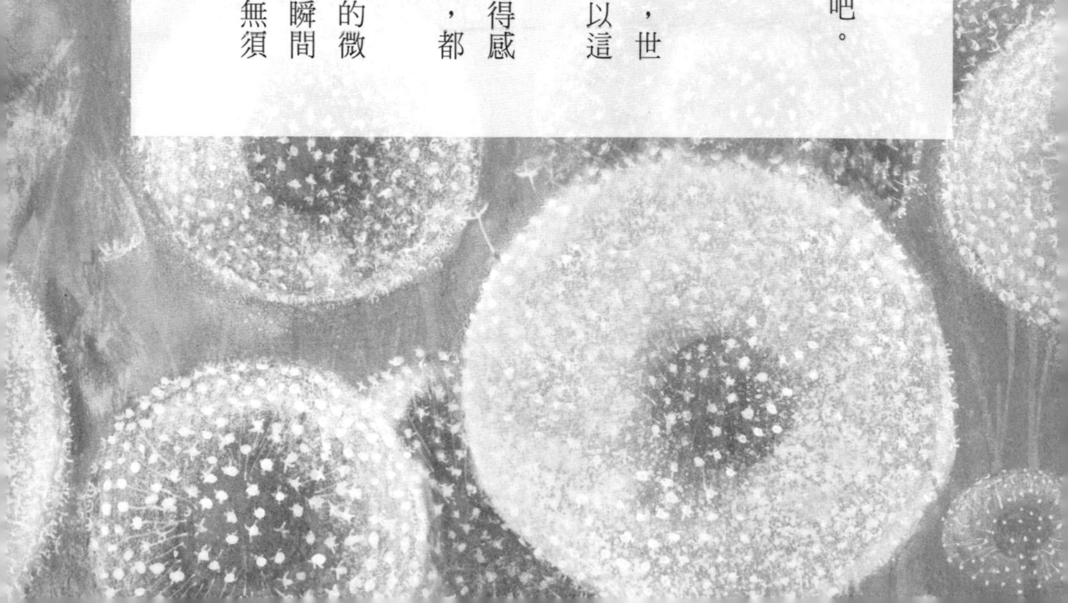

擔憂。當我這麼想的時候，緊綳在心上的繩索就鬆開了，事情就悄悄地改變了，一切就開始往好轉的路上走了。

這樣的經驗讓我明白，是內在的世界決定外在的世界。心是映照人生的鏡子，而外境不過是心境的投射。

打開心靈的視野，也就開啟了一個美麗的世界。

因此，我希望你知道，你是獨一無二的多麼重要的存在，是因為你的存在，你的世界才存在。你就像是坐在世界的正中央，你的呼吸就是全世界的呼吸，你的心跳也是全世界的心跳。

所以，親愛的，保守你的心，一如保守最珍貴的水晶。任何時候，都別讓你的心被幽暗所遮蔽。

一個單純的真理是，當你快樂的時候，心裡就開出一朵花。

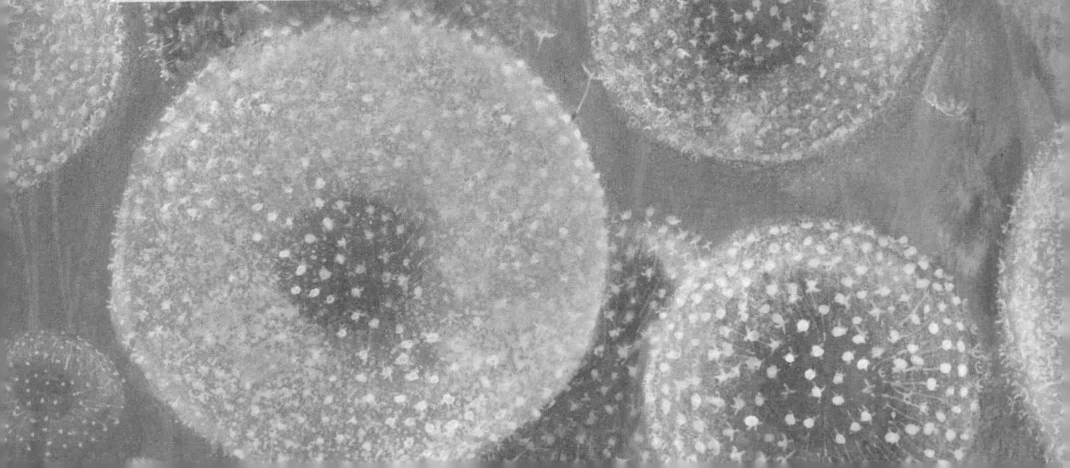

當你心裡的花開了，全世界的花朵也將跟著你的微笑一起綻放。

這是第18集《朵朵小語》了。

當我坐在櫻樹下寫著這篇小序時，心裡也正開著花。可以一直書寫著自己喜愛的文字，這是一件多麼受到上天眷愛的事啊。

此刻，靜靜坐著，我感覺自己的內心與外面的世界一同敞開，隨著微風與流雲，向著四面八方而去，直到最遠最遠那個無盡的盡頭，就像無盡的花開。

而這樣美好的感受，親愛的，我永遠願意與你一起分享。

Part 1

讓生命如一泓泉水，自在流動

Part 2 愛是純粹的信仰，愛就是你

Part 3 先放手，才能遇見幸福

Part 4 每一天都是祝福，都是奇蹟

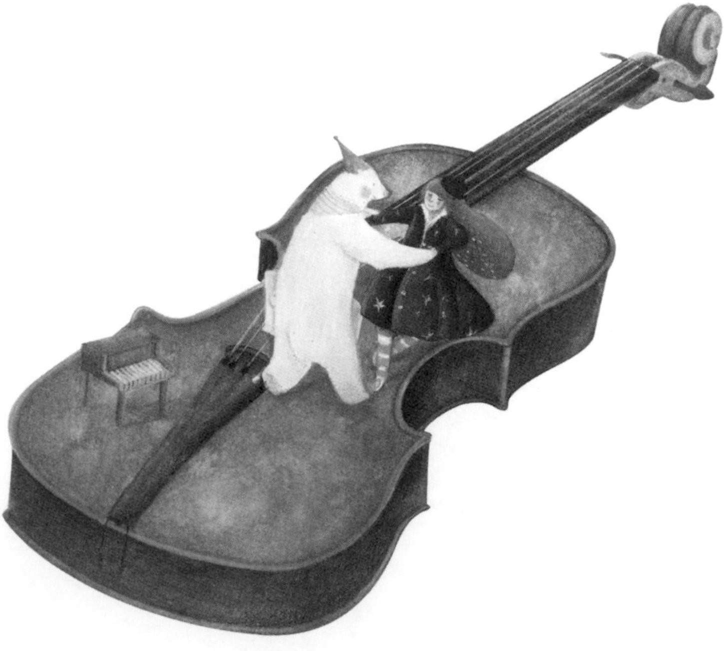

Part 1

讓生命如一泓泉水，自在流動

一切正在好轉

親愛的，你曾經到過山中低谷嗎？你知道在低谷中走著走著，就會走出綠野，走出流水，走出柳暗花明嗎？

而你的人生也是如此，不會一直停留在低迷的際遇。只要繼續往前走，就會走出另一番風景，走出豁然開朗。

請常常告訴自己這句話：一切正在好轉。

是的，一切正在好轉。如果眼前種種看起來不怎麼好，親愛的，請你一定要相信，一切正在漸漸變好。

你的內心是深邃的湖水

生活是擾攘的，像落雨的水面，不斷地因為墜落的雨滴而引起圈圈漣漪，不斷地有各種狀況需要你去處理。

你的內心卻是水面之下深邃的湖水，無論外界如何波動，你都是波瀾不驚，淡定安靜，有自在的水草流動，有美麗的魚群游來游去。

親愛的，你是一座湖，一座深不可測的湖。

在生活的水面之上，你盡力扮演好屬於你的各種角色。

在心靈的水面之下，你回到安然寧靜的自己。

愛與平靜由我開始

你總覺得自己很渺小，很微不足道。

不，親愛的，其實你具有改變世界的力量，至少，你可以改變自己的世界。

隨時隨地，都請你告訴自己：「愛與平靜由我開始。」然後，你就可以以自己為核心，將這份愛與平靜充滿你所置身的世界，再擴及他人的世界。

每天每天，對內在的小孩，對無限的存有，說這句美麗的咒語：「愛與平靜由我開始。」然後，再看看生活裡會有怎樣的改變。

而你將發現，你比自己想像得更有力量。

心裡的洞讓你探索自己

每個人心裡都有一個洞。你問，該如何填滿它？親愛的，為什麼要填滿它呢？雖然這個洞帶給你失落甚至痛苦，但它也帶給你對真理與愛的渴求。一旦這個洞不在了，你也就無法更深刻地看見自己了。

而且，親愛的，這個洞是永遠無法填滿的。正因為永遠填不滿，所以你對自己內在的探索也才無止無盡。

看著內在之花自開自落

有時候，你會覺得對一切文字語言失去興趣，對一切人際關係也不想答理。

那麼，就回歸到自己的內心，像一朵海邊岩洞裡的花，靜靜地看著外面的潮起潮落，也靜靜地看著內在的自開自落。

不想說話就別說吧，該有這樣一段靜心的時間，只和自己在一起，就算天使和惡魔一起來敲門也別回應。

親愛的，有時候你只能讀自己的心，只能聆聽自己內在的聲音。

做自己的主人

在這個世界上，永遠會有人告訴你，你該這樣做，或是你該那樣做。

但是親愛的，當有人跟你說什麼是對的，你要反過來想，如果沒有親身去經歷，你怎麼會知道怎樣是錯的。

你又不是別人的複本，無須演出別人指定的劇本。

相信自己的想法，不必依循別人的做法。

親愛的，你是別人的別人，所以不必理會別人怎麼想。

在這個世界上，你永遠是自己的主人。

你的世界以你為核心在運轉

你總是忙著照顧別人，卻忘了好好照顧自己。

你總是擔心你所愛的人不快樂，卻忽略了自己的快樂。

但親愛的，如果你不好，你的世界怎麼可能會好？畢竟你的世界是以你為核心在運轉著，就算你再愛的人也是別人，你才是這個世界的主角。

所以先讓自己好起來吧。你好了，你的世界就好了。你的世界好了，進入這個世界裡的其他人才會跟著好。

衣櫥反映了你的潛意識

你出門的時候總是光采照人，但是，你的衣櫥呢？是否也整齊有致？

你知道嗎？衣裝是你的外表，而衣櫥反映了你的潛意識，如果只是外表好看，潛意識卻一片混亂，人生也不會順利的。

所以，整理整理你的衣櫥吧，至少丟棄那些已不再適合你的衣服，就像某些早該放手的悲傷，也讓它們隨時光之水流去吧。

清出了該有的空間，你的衣服才有餘裕伸展它們自己，而不是窘迫地動彈不得。讓衣服感覺舒適，穿上它們的你也才會舒適。

讓自己舒適是一件很重要的事。而且，親愛的，清理了衣櫥，也就清理了潛意識，將有些不一樣的改變在你的人生中顯現，那也是很重要的事。

別管別人怎麼想

你覺得做那件事不對，因為「別人會怎麼想？」

你也不敢穿那件衣服，因為「別人會怎麼想？」

但是，別人是誰？

所謂別人，只是一個虛幻的複合名詞，代表了假想性質的社會集體眼光。它並不真正存在，而是被你的不安製造出來，然後你又為了這個不存在的別人而心神不寧。

其實別人並不在意別人，就像你也不會在意你的同事為什麼不結婚，或是在意你的鄰居為什麼要穿那件紫色的襯衫出門。

所以，親愛的，做你自己吧，別管別人怎麼想，根本沒有這個「別人」。

如果心情不好

如果心情不好，就穿上最漂亮的衣服，約最喜歡的朋友，到最舒服的地方，做最開心的事情。

如果心情不好，先讓周圍的一切好起來，這樣眼前的種種都會像打開的燈一樣亮起來，你的笑容也會漸漸發自內心地燦爛起來。

親愛的，希望此刻的你心情很好。如果不是的話，嗯，記得就要對自己更好。

快樂人生在於平衡

快樂的人生，來自於各方面的平衡。

內在與外在的平衡。

心靈與身體的平衡。

精神與物質的平衡。

所以，親愛的，你的外在拓展得多遠，內在就該探索得多深。

你有多麼愛惜自己的身體，就該多麼照顧自己的心靈。

那麼，因為平衡的緣故，當你的精神世界很美好的時候，你的物質生活也將很豐盛。

一成不變是你不願改變

你說你的日子沒有波瀾，平靜得像一灘死水，每天就重複著一樣的作息，一樣的路徑。

你說你好想離開這一成不變的生活，好想到一個遙遠的地方去旅行，現實條件卻不允許。

那麼，親愛的，就做一些小小的改變吧。

例如每天早晨自己動手做早餐，而不是買個三明治匆匆果腹。

例如下班後去學一樣樂器，而不是坐在沙發上看電視。

自己做早餐，你會更仔細地品嘗食物的味道，會帶著更愉快的心情展開一天的開始。

學一樣樂器，你的生活裡會有更多音樂，也會有更多朋友以及其他可能。

只要一些小小的改變，或許就帶動了一連串的不同。

所以，想想看，你可以在目前的生活裡做哪些變化呢？

親愛的，如果日子一成不變，那是你不願改變。生活其實是一塊攤開的畫布，只要你有想法，都可以用你心靈的彩筆來實現。

夜空其實是藍色的

你發現了嗎？夜晚的天空其實不是黑色，而是很深的藍色。只是因為有「黑夜」這個詞，卻沒有「藍夜」的說法，所以「夜是黑的」這樣的概念，自小就深植你的心中。

然而夜空不是黑的，畢竟夜裡有月光也有星光，還有人間燈火的映照。

真正的黑夜，只有在無星無月也無燈的無光所在，但何處有那樣的所在呢？

許多別人的說法，只是約定成俗的說法；許多別人的看法，也只是約定成俗的看法。它們不見得是真的，也不見得是對的。

你的說法與你的看法，不需要和別人一樣，這才是真正重要的。親愛的，抬頭看看今晚的夜色吧，瞧瞧那是什麼顏色？唯有當你用你的經驗定義了它，它才會成為你的天空。

淚水是心田的滋養

只有陽光而缺乏雨水的土地，終將成為一片荒漠。

如果只是努力記得笑，卻忘了該怎麼哭，你的心也會漸漸變得乾燥。

淚水其實是一種滋養，用它來定期灌溉你的心田，長出柔軟濕潤的花草。

所以，親愛的，想哭的時候就哭吧。

有笑有淚的人生才能平衡。就像晴天很好，但雨天的存在也很必要。

從小事改變起

你說你對自己不滿意，想改變自己，卻又不知從何改變起。

如果人生裡難有因為大澈大悟而痛改前非的時候，就從小事改變起吧。

好比說，每天提早一個小時起床。

若是這樣，你會看見更美的晨光，會有更多的時間、更充沛的精力，去進行更早的計畫，完成更多的事情。到了夜晚，你會帶著更好的感覺入睡。長此以往，你就有了更健康的生活。

親愛的，一個小小的不一樣，就會帶來大大的成長。

讓你的心願發芽

你在泥土裡種下一顆種子，然後期待著它發芽，但它一直毫無動靜。

而你依然每天耐心地澆水。

然後有一天，你驚喜地發現，泥土的表面真的冒出了一支綠色小芽。

親愛的，等待與信任，並且願意給自己一段時間，那麼總有一天，你會看見你所期待的結果。

就像那件事，你把它放進了心裡，然後用希望與相信去澆灌，那麼總有一天，它也將在你的生活裡發芽。

在內心深處與自己相遇

行道樹下光影斑駁，你沿著人行道走下去，彷彿走進某部老電影的場景。

歲月如此靜好，讓你覺得，這一切都值得好好去愛，去生活，去感謝，去原諒。

生命中總有這樣的時刻，每一個瞬間都是當下與永恆。而你只想一直這樣走下去，好似走入自己的內心深處。

在那個深處，親愛的，你相遇的不是別人，而是一個恬靜平和的自己。

像孩子一樣活著

沒有一個孩子不喜歡遊戲。每一個孩子在遊戲時都是全然的專注，全然的喜悅，全然地活在當下。

專注而喜悅地活在當下，這不就是最美好的人生狀態嗎？

所以，讓自己也像個孩子，以遊戲的心情去面對自己所做的每一件事吧。

若是用嚴肅的態度去面對工作與生活，結果只是讓自己緊繃，肩頸痠痛；當你把自己放鬆，以遊戲的心去進行一切，你會發現所有的事其實都很輕鬆。

因此，親愛的，回到一個孩子的狀態吧，世界也將閃亮亮地回應你；以遊戲的心情來面對人生吧，人生也將以趣味與愉悅回應你。

慢慢

有時候，世界轉動得很快，讓你覺得自己彷彿也在飛快地旋轉，有一種頭暈目眩之感。一切都倉促，一切都有如過眼雲煙。

慢下來，慢下來，好好觀察自己的呼吸，收束自己散亂的心。

一呼一吸，有如心的一收一放。感覺你的呼吸，也是感覺自己的心。

慢下來，慢下來，親愛的，當你的呼吸愈來愈深遂，愈來愈緩慢，心就會愈來愈輕盈，周圍的世界也將愈來愈清晰。

你是獨一無二的

你常常會歎息，為什麼你不像別人那樣漂亮？你也常常感到惱恨，為什麼自己不如別人那樣聰明？

但親愛的，就像蓮花與玫瑰無法比較一樣，你也不需要向他人看齊。

在你的世界裡，你才是一切的核心，為什麼要以別人做為自己的標準呢？

他有他的外表，你有你的姿態。他有他的才能，你有你的智慧。你們本來就是不同的花，當然會開出不同的樣子。

你不是最漂亮的，也不是最聰明的，但又有誰是呢？在比較的世界裡，永遠沒有真正的最高級。

但你一定是絕無僅有的，也是不可取代的，親愛的，在這個世界上，你就是獨一無二的。

熱情地對待人生

親愛的，現在的你，有什麼事是可以讓你感到熱情的嗎？

也許是寫作，也許是畫畫，也許是跳舞、歌唱或其他，只要有一件事能讓你在做它的當下是全心全意地投入與專注，那麼你就沒有白過了現有的時光。

能在生命中的一段時光對一件事熱情，那是很幸福的。

如果這件讓你感到熱情的事還能持續一生，那就是你的天賦、恩寵與幸運了。

親愛的，展現你的熱情吧！當你熱情地對待人生，人生也會熱情地對待你。

整理外在就是清理內在

焦躁煩悶、心情不優的時候，就動動手，整理一下你所置身的環境吧。

因為外在的環境與內在的心境是合一的，當你整理了外在的秩序，就清理了內在的路徑。

掃地也好，洗碗也好，把書架上的書排齊也好，這整理環境的過程，就像是一種靜心的方式。

看著外在的環境變得整潔乾淨，你的心情也漸漸感到愉悅輕盈，焦躁煩悶一掃而空，只覺得平靜輕鬆。

親愛的，整理外在就是清理內在，環境乾淨了，心境也就清靜了。

信心讓你發光

每個人都是一顆獨一無二的鑽石，但因為擔心和別人不一樣，所以許多人都努力向主流與體制對齊，終於成為平凡無奇的玻璃珠。

但這世界上的玻璃珠已經太多太多了，所以親愛的，還是做你自己就好了。

要相信自己是絕無僅有的，不需要拿別人的標準來衡量自己。

要知道讓一個人發光的，不是好看的長相也不是華貴的衣裳，而是對自己絕對的信心。

這樣的信心來自於完全地自我接納，並且不會和別人做比較。這樣的信心讓你成為獨特的鑽石，而不是量產的玻璃。

所有的經驗都是好的

有些事情在你還沒去做之前，就已經看見了它的後果。它一定會帶來快樂，但也一定會帶來痛苦。

但你還是會去做。

那是因為，你的潛意識知道，你需要這個經驗，就因為它一定會帶來困難，所以也一定會帶來成長。

親愛的，所有的經驗都是好的，當你真真實實地經歷過了，無論快樂還是痛苦，所有的心得也都是好的。

轉個方向

某一天，你想扭開一個瓶蓋，但一直打不開，後來你靈機一動，換個方向再試試看，瓶蓋果然應聲而開。

人生裡的許多時候不也是這樣嗎？這條路走不通，轉另一個方向看看，也許就通了。

人生不是數學題，不會只有單一答案。固執於一種作法，往往只是把自己愈扭愈緊而已。

所以，親愛的，怎麼樣都行不通的時候，就改變想法吧。

當想法改變了，做法就會不一樣了，煩惱往往也就迎刃而解了。

唯有時光過去

你對目前的狀態感到灰心，你以為這就是盡頭了。你問可不可以就停在這裡？你心力用罄，再也無以為繼。

把自己交給時間吧。別急著去決定什麼，也不要以為現在就是最後的結果。

未來將如何，未來才知道。時光是一切的謎題，也是一切的謎底。長路漫漫，以後這條路上會遇見什麼，是行到水窮處還是坐看雲起時，唯有時光過去才能知曉。

所以親愛的，繼續走下去吧，看看時間會給你什麼答案，畢竟路還長，盡頭還在遠方。

在風雪中

因為那件讓你難過的事，你覺得自己彷彿置身冰天雪地。一個人走在風雪中，前方是白茫茫的一片，看不見盡頭，後面也是白茫茫的一片，走過的腳印很快就被落雪掩沒。

雖然看不清來徑與去處，但為了不失溫，你必須往前走。是的，親愛的，雖然你很徬徨，不知何去何從，但為了保持動能，你必須往前走。

走著走著，就走出了答案。

是的，親愛的，在人生的風雪中，走著走著，就走過了冬天，走過了雪融。

你具有改變世界的力量，至少，你可以改變自己的世界。

回歸到自己的內心，像一朵海邊岩洞裡的花，靜靜地看著外面的潮起潮落，也靜靜地看著內在的自開自落。

你又不是別人的複本，無須演出別人指定的劇本。相信自己的想法，不必依循別人的做法。

如果你不好，你的世界怎麼可能會好？畢竟你的世界是以你為核心在運轉著，就算你再愛的人也是別人，你才是這個世界的主角。

有笑有淚的人生才能平衡。就像晴天很好，但雨天的存在也很必要。

歲月如此靜好，讓你覺得，這一切都值得好好去愛，去生活，去感謝，去原諒。

回到一個孩子的狀態吧，世界也將閃亮亮地回應你；以遊戲的心情來面對人生吧，人生也將以趣味與愉悅回應你。

你不是最漂亮的，也不是最聰明的，但又有誰是呢？在比較的世界裡，永遠沒有真正的最高級。

但你一定是絕無僅有的，也是不可取代的，親愛的，在這個世界上，你就是獨一無二的。

讓一個人發光的，不是好看的長相也不是華貴的衣裳，而是對自己絕對的信心。

親愛的，繼續走下去吧，看看時間會給你什麼答案，畢竟路還長，盡頭還在遠方。

Part 2

愛是純粹的信仰，愛就是你

愛不應該不自由

當你愛著一個人時，你的心應該還是自由的。

若愛一個人會讓你感到不自由，那麼這份愛必然存在著某種緊繃。

但愛應該是放鬆的，令人舒服的，而不是束縛的，讓人緊張的。

所以，用一種心靈獨立的方式去愛他，而不是把自己的心思與情緒都付諸在所愛的人身上。

親愛的，請記得，你給他的是你的愛，不是你的自由。

是的，你和他在一起的時候是「我們」，但其他時候，你還是你，他還是他，你們還是各有各的獨立與自由。

你能為他做的事

你問，你能為他做什麼呢？
親愛的，就做一個快樂的你自己吧。
因為你的喜悅可以感染他，當你是開心的，他的心情也會上揚。
你快樂，他就快樂。
你們都快樂，這個世界也就會快樂。
是的，親愛的，無論是你愛的人，還是愛你的人，你能為他們所做的最好的事，就是成為一個喜悅的存在。

無須強求不喜歡你的人喜歡你

你不可能讓所有的人都喜歡你，就像你也不可能喜歡所有的人。不需要勉強自己去喜歡不喜歡的人，所以也無須強求不喜歡你的人來喜歡你。

人與人之間，本來就有相吸與相斥，喜不喜歡有時真的沒什麼道理，純粹是緣份的問題。

所以，親愛的，對於那些不喜歡你的人就一笑置之吧，不要為了不被喜歡就對自己存在的價值感到懷疑，那也許只是兩人之間的緣份不夠，如此而已。

心在愛裡面

你說，也許沒有愛就沒有心，有了愛之後，心反而懂得了寂寞。

那麼，為什麼要愛呢？你問。

親愛的，有愛的寂寞雖然難過，但它總是讓你領悟了一些什麼，也學習了一些什麼，然而你會得到成長，你將自我突破。

然而無愛的寂寞卻是無盡的空洞。

一顆沒有愛的心，也沒有光，沒有熱，就像古井裡的水，也許不起波瀾，卻也不見天日。

所以，親愛的，寧可因為有愛而寂寞，也不要因為不敢或不願去愛而空洞，至少有愛才有心，而有心才算真正活著。

不必為了你愛的人不開心而憂愁

如果你身旁的人不開心，你無須跟著憂愁，就算他是你最愛的人也一樣。

每個人都有他的生命劇本，有他必須單獨面對的人生功課，即使你再關心他，也無法幫他做功課，更不能代替他演出。

他是他，你是你，你和他是各自獨立的個體。

你所能為他做的，就是陪伴與傾聽，並在他開口尋求的當下給予建議。

你必須讓自己成為一個堅實而開朗的存在，當他需要你的支持的時候，你才能提供可靠的臂膀。

因此，親愛的，不要因為他不快樂而把你自己的情緒也賠了進去，雖然是愛讓你們在一起，但他是他，你是你，你和他是各自獨立的個體。

先愛自己吧

你常常感覺委屈，不懂自己付出了那麼多，怎麼卻沒有得到對方愛的回報？

可是，你所給他的，真的是他需要的嗎？

如果不了解他的心而一味地給予，那只是滿足了你自己愛的假想，說不定還成為他的負擔，也難怪他或是冷漠以待，或是厭煩逃離。你也因此傷透了心。

親愛的，如果與他的關係已經失去平衡，就先讓愛的重心回到自己身上來。若在一段關係裡感覺委屈，最好的方法就是暫時放下他，先好好愛自己。

他想什麼時候開花都可以

你說你愛他，但與他的相處卻讓你有某種輕微的焦慮與痛苦。
那也許是因為，你對他有某種期待。
期待他變成更接近你的理想，期待他成為你要的模樣。
但他有他自己喜歡的節奏，他只想按照自己內在的韻律成長。
親愛的，愛是完全地接納。真正愛一個人，就接受他真正的樣子。
兩人相處若有痛苦，往往來自於期待，不符期待必然產生失望。
放下對對方的期待，一切都將豁然開朗。

愛他就是讓他知道，他想什麼時候開花都可以，想要開成怎樣的花也可以，就算他一直不開花，你還是欣然接受並喜愛他不開花的樣子。

好好對待每一場相遇

有時候，去到某個從未到過的地方，你會覺得彷彿來過。也有時候，見到某個初次謀面的朋友，你會覺得彷彿見過。似曾相識，似曾相識，人生裡處處充滿奧妙的緣份，往往難以言說。

或者該這麼說，關於緣份這件事，本來就無法言說。只能說，你到過的地方，認識的人，都不是偶然出現在你的生命裡。

所以，親愛的，請好好對待每一場相遇。因為一切的相遇都是久別重逢，都有上集與下集，都有前因與後果。

別人的心情列車不要自動對號入座

他迎面而來，板著一張臉，並沒有看你一眼。於是你花了一整個早上的時間去苦苦思索，自己是哪裡得罪他了？

她經過你身邊，沒有笑容，也沒有和你打招呼。於是你又花了一整個下午的時間去瘋狂猜測，為什麼她會生你的氣？

其實很可能你只是在他們狀況不好的時候與他們偶遇，他們的表情和心情都與你無關，卻被你接收了他們的負面狀態。這是何苦來哉？

親愛的，看見冒著汽笛的列車時，讓它經過就沒事了。那是別人的心情列車，不要自動對號入座。

真心愛過就值得了

你渴望天長地久，但從來無法如願。每一段情感總是在某個瞬間就忽然碎裂，像不小心打破的杯子，再也盛不了愛情的美酒。

你問，愛一個人怎麼會這麼難？天長地久到底存不存在？

親愛的，人心與世事一樣無常，你永遠不知道明天會怎麼樣，所以你只能在每一個當下全心去愛，去用心對待。只要回想起來是真心愛過了，或許一切也都值得了。

至於唯一可以與你天長地久的那個人，親愛的，除了你自己，還有別人嗎？

不要把別人的問題變成自己的問題

他做了那件不該做的事，讓你大動肝火。

但是親愛的，犯錯的是他，為什麼承受壞情緒的卻是你呢？

每個人都必須為自己的生命負完全的責任，每個人也必須承擔自己的行為造成的後果，人間的一切都記載在上天的記事簿裡。

所以親愛的，不必拿別人的錯誤來懲罰自己，更無須把別人的問題變成你的問題。

只要靜觀一切，你將看見，宇宙是公平的，當時間到了，該給的自然會給，該還的也自然會還。

創造一種完美關係

你問，是不是要先有一個很完美的自己，才會與另一個很完美的人相遇？

親愛的，不是的，首先，這世界上就沒有任何一個人是完美的。但你可能遇到一個人，在他面前，你不必在意表現得好不好；在你面前，他也無須擔心有沒有做到一百分。你們只是接受彼此的一切，只是在對方的面前自在地做自己。

親愛的，這世界上沒有人是完美的，但當你遇到了一個很適合你的人，你們就可以創造一種只屬於你們的完美關係。

你和他之間該有適當的距離

你說，你愛他，他也愛你，所以你們應該朝夕相處，形影不離。

但是，親愛的，這樣的相處一開始或許很甜蜜，可要不了多久，兩個人都會感到窒息。

美好的親密關係，是你與他各自擁有獨處的時光，也各自保有獨立的自己，然而在一起時，對待彼此又能全心全意。

其實，也唯有先獨立了自己，才能感受相處的美好。

有時候，一些適當的留白，會讓一張畫更生動。

而你和他之間，也該有些適當的距離，才能讓彼此的愛從容地呼吸。

神奇時刻

某個瞬間，你忽然為某個人怦然心動。

那就好像滿天烏雲悄悄綻開一條縫，陽光就從那個破綻散射而下，照耀了這個當下。那種燦爛無以名狀。

然而那畢竟只是瞬間的美，烏雲很快又悄悄合攏，天空又回到原來的狀態。

但你知道有什麼曾經存在過，在此之前與在此之後，因為這樣的神奇時刻，一切看似一樣，一切也都不再一樣。

愛是放鬆去接納

每一夜，露珠都會悄悄凝結在葉子上。

而葉子承接著露珠，讓它慢慢變得渾圓又晶瑩剔透，然後在露珠完全成熟時，任它掉落，流向它該去的地方。

從來沒有任何一片葉子會握住露珠不放。葉子接納露珠的存在，卻沒有任何執著。

親愛的，對待這份感情，你也要像葉子對待露珠一樣，放鬆去接納，讓自己與對方都自由，並且讓這份感情自在地流向它該去的地方。

讓過去留在過去

那件衣服你已經不再穿了，但因為它連結著某些過去，所以一直放在你的衣櫥裡。

那個人你已經與他失聯了，但他其實從未離去，種種音容笑貌依然留在你的心裡。

雖然說人生應該斷捨離，但總有些美好的回憶讓你不捨丟棄，也不應丟棄。

也因為是美好的回憶，所以才更該讓它們停留在過去。

畢竟時過境遷，有些衣服已不合時宜，再穿就不美了；有些情感也寧可保持那種純粹，再重續前緣只是傷懷而已。

所以就像把那件舊衣放在衣櫥裡就好一樣，親愛的，關於那個人，你該做的也只是默默把他收進你心裡。

再見之後即是離別

你永遠不知道，每一次的再見，會不會有下一次的相見？

你永遠不知道，每一次的離別，是不是最後一次的離別？

曾經你以為機會還多，時間還長，慢慢地你發現，往往和某個人道了再見，後來真的就再也沒有見。

也許是漸漸失去了聯絡，也許是意想不到的無常。

於是你才恍然明白，人與人之間的緣份是限定的時光，也許這一回轉身，從此就是一生。

現在的他在哪裡？過得好嗎？還記得你嗎？想起他的時候，你心裡總有淡淡的悵惘。有些一直沒有對他說的話，也許已經永遠沒有機會說了。

親愛的，再見之後即是離別，所以請你一定要好好對待每一個人，也好好珍惜每一回相處的時光。

離開讓你疲憊的狀態

有時候，你選擇離開，不是因為不愛了，而是不想再讓情緒反覆波動了。

換句話說，你不是離開那個人，而是離開那個讓你疲憊的狀態。相愛是容易的，但相處有時真的很困難，這時你必須有改變現狀的勇氣，轉身離開。

於是你回到一人世界，在安靜中自我修復。讓許多混亂的情緒慢慢沉寂下落，讓更深刻的情感漸漸飽滿起來。

那麼或許有一天，你和他會在一種更好的狀態裡重逢，只要愛還在，那些曾經美好的感覺也會再回來。

離開是為了回來

當腸枯思竭的時候，你總會站起身來，去澆澆花，去看看雲，去聽聽音樂。

無形之中，你釋放了頭腦裡的壓力，於是卡住的能量就像鬆開的水龍頭一樣，再度流出汩汩的靈感。

當你和他的關係陷入低潮時，或許你該做的也是暫時離開，給彼此空間去安靜地面對自己。

那麼當你再度回來，你們之間會是另一種狀態，原本疲憊的情感也將展現新的對待。

許多時候，暫時的放下是一種必需，讓沉滯的能量流動，讓僵固的關係鬆開。

所以，親愛的，離開吧，那不是逃避，而是為了讓一個更好的自己回來。

你的念頭是開心的鑰匙

你說，有情人或沒情人，都很好啊。

有情人的時候，感謝有人來愛你。沒情人的時候，感謝沒人來煩你。

無論什麼時候，什麼狀況，你都可以在當下找到想要的快樂，因為你的想法總是帶著光，隨時都能給自己需要的能量。

念頭是一把開心的鑰匙，當你的念頭轉了，你的心情就舒展了。

當你的心情好了，看出去的世界也就不一樣了。

離開別人的頻道

有人對你冷言冷語，讓你的心瞬間跌入冰冷的谷底。

於是你反覆思索著自己到底是哪裡得罪了他，才會讓他這樣對待你？

花三分鐘想想，若有了答案，就放下了吧。

三分鐘過後，如果沒有答案，也放下了吧。

也許他冷漠的態度與你毫無關係，只是他心情不好或身體不適，所以無法和顏悅色。

你卻為了他的一個表情或一句言語而如此反覆思索，如此悶悶不樂。

這就好像，你明明不喜歡那個節目，卻不斷重複收看那個頻道一樣。

親愛的，別人曲折的心思你不能了解，多想無益。所以，不需要一再重看的節目，就關掉了吧。

該告別的時候就說再見吧

該告別的時候，就說再見吧。

該離開的時候，就轉身走了吧。

前面還有很長的路等待你去奔赴，也還有很多相遇等待你去遇見，別讓心思纏繞在已經過去的過去。

所以該原諒的，就原諒了吧。

不能原諒的，也試著暫時放下了吧。

把過去留在身後，就像把手中的氣球放向天空，也像把搭過的小船留在河流之中。

天空無限遼闊，流水一去不回頭，親愛的，你也該頭也不回地往前走。

別忘了溫柔

總是這樣，對於一般朋友，你很有節制，很懂禮貌，但對於親密的那人，卻常常失去了溫柔，總是氣急敗壞，大呼小叫。

因為太親近了，所以無法掩藏，對方只能看見你的真性情，卻也是因為這樣的直來直往，使得這份你以為應該很堅實的情感一再受到撕裂傷。

到最後，一切終於無可挽回。

你總是以為，自己是被愛的，所以應該也是被包容的。

然而你卻忘了，愛也是會受傷的，包容總是有限度的。

親愛的，愈是親近的人，愈是不該失去溫柔的對待。因為人與人之間的相處都是有期限的，別在失去之後，才後悔自己沒有好好珍惜與愛相處的時光。

時時都有告別的勇氣

去吧去吧，就讓過去的過去了吧，在這個當下，曾經有過的一切，無論好的壞的，歡喜的悲傷的，實現的落空的，都已成往昔了。

也是在這個當下，並且在未來的每一個當下，親愛的，你要期許自己，時時都有告別的勇氣，時時都是清爽的心情。

十年之後你還在意嗎？

對於那件事，你後悔不已，你好希望時光可以倒流，讓你回到事情發生的當下，去修正你的錯誤，去做出不一樣的選擇。

親愛的，與其期待不可能的時光倒流，不如眺望十年之後的狀況吧。

想想，現在讓你扼腕不已的，十年之後還會覺得遺憾嗎？

你說那時的你將是什麼模樣，自己都難以想像。那麼，到了那個時候，對於這件事的想法或許也會變得完全不一樣。

更可能的狀況是，過了十年，你早已忘記這件事了。

是的，沒有一件事可以回得去，但親愛的，也沒有一件事會永遠過不去。

希望被愛要先去愛

就像乾旱的季節不會下雨，沙漠裡的仙人掌不能了解海洋，你無法給出你所沒有的，你也無法感受你所不懂的。

所以，親愛的，如果你希望被愛，那麼唯一的途徑是，你要先去愛。

當你伸出雙手，才有可能與另一雙手緊握。如果你一直把雙手藏在身後，握住的永遠只是冷冷的虛空。

愛是一種交流的狀態，很難單向存在。當你願意為另一個人敞開自己，你就已被愛所充滿。

當思念流過你的心

當窗前的簾子飄動的時候，你知道那是風來過了。
當心裡想起那個人的時候，你知道那是他來過了。
當窗簾不再飄動，因為風走了。
當你的心思又飄到別處，那個人也就離開了。
但思念就像風一樣，總會一遍又一遍地回來，也會一遍又一遍地離開。
思念流過你的心，就像風流過窗簾。
親愛的，安靜地接受思念的來去，就像窗簾安靜地接受風的來過與離開。

無論是你愛的人，還是愛你的人，你能為他們所做的最好的事，就是成為一個喜悅的存在。

不需要勉強自己去喜歡不喜歡的人，所以也無須強求不喜歡你的人來喜歡你。

如果與他的關係已經失去平衡，就先讓愛的重心回到自己身上來。若在一段關係裡感覺委屈，最好的方法就是暫時放下他，先好好愛自己。

愛他就是讓他知道，他想什麼時候開花都可以，想要開成怎樣的花也可以，就算他一直不開花，你還是欣然接受並喜愛他不開花的樣子。

這世界上沒有人是完美的，但當你遇到了一個很適合你的人，你們就可以創造一種只屬於你們的完美關係。

念頭是一把開心的鑰匙，當你的念頭轉了，你的心情就舒展了。

愈是親近的人，愈是不該失去溫柔的對待。因為人與人之間的相處都是有期限的，別在失去之後，才後悔自己沒有好好珍惜與愛相處的時光。

暫時的放下是一種必需，讓沉滯的能量流動，讓僵固的關係鬆開。所以，親愛的，離開吧，那不是逃避，而是為了讓一個更好的自己回來。

當你伸出雙手，才有可能與另一雙手緊握。如果你一直把雙手藏在身後，握住的永遠只是冷冷的虛空。

沒有一件事可以回得去，但親愛的，也沒有一件事會永遠過不去。

Part 3
先放手，
才能遇見幸福

鬆開心上的結

有些事可以努力，有些事不行，有些事愈努力愈不行，例如前往一個不存在的地方，例如期待一個不能期待的人。

那麼，親愛的，別再努力，就放下吧。

放下了，一切就海闊天空了，可以去任何地方，可以擁有任何值得期待的可能。

許多懸念都是執念，也因此，許多煩憂都是一念之間。

某個瞬間，當你鬆開心上的結，或許就豁然開朗，當下隨之改變。

就放手吧

想緊緊抓住什麼的時候，往往握痛了手心，卻還是抓不住。
當你放開了手，一切反而豁然開朗了。
讓該走的走，該留的留。
若懂得放手，就會懂得以一種輕鬆的心態去看待人生所有。
也會明白，真正屬於你的，從來都不是需要用力抓住的。
親愛的，是你的自然是你的，與你無緣的就讓它走了，別再放在心上了。

自我振作的方式是大哭一場

有時候，讓自己振作起來最好的方式，或許就是大哭一場。

世間都歌頌笑而避諱哭，總認為笑是正面而哭是負面，但一首曲子若只有高音而沒有低音，又怎麼會動聽？

平衡這個世界的是陽光和雨水。沒有陽光，植物不能行光合作用；沒有雨水，萬物都將枯竭，所以你的人生又怎麼可能只有笑而沒有哭？

因此，親愛的，在你覺得消沉、沮喪甚至萬念俱灰的時候，不必勉強自己笑，就痛痛快快地大哭一場吧！讓淚水流進你的心底，沖刷那些塵埃，化解那些鬱積。

哭過了，一切本來過不去的也就如水流去了。

哭過了，被淚水淨化的眼睛看出去的世界也將更清亮了。

坦露你的脆弱與無助

你說你很好，別人也覺得你很好，可是在無人的深夜裡，你總覺得心裡有千言萬語，卻無法對任何人吐露。

親愛的，你的心裡究竟累積了多少悲傷？那可能是一個深不見底的海洋。

如果你總是表現正面能量，卻習慣將負面情緒掩藏，久而久之，你一定會疲憊於這樣的假裝。

坦露你的脆弱與無助又如何？承認自己過得沒那麼好有什麼關係？做真正的自己，表現你真實的情緒吧。

真實的你也許沒那麼完美，卻會有一種自在與輕鬆，而不是強撐出來的緊繃。

所以，親愛的，當悲傷來襲的當下，就好好哭一場，將那些壓抑與壓力，毫無保留地釋放。

不要拖著昨天的影子度過今天

昨天已經用舊了，過去了，就算有再多的失落悵惘也都不重要了。

不要再拖著昨天的影子度過今天，那並不能改變昨天，只會令今天舉步維艱。

所以，天天都要重新出發，也天天從心出發。天天把自己的心情歸零，因為天天都是新的一天。

親愛的，管它昨日有過什麼又失去什麼，一切已成過眼雲煙。

平靜來自於放下與放鬆

你說，你想要平靜，也會努力讓自己得到平靜。

但親愛的，平靜是無法靠努力得來的。

因為平靜是一種深邃的放鬆，是內在的安然，不起波動，但努力意謂著要去爭取什麼，是一種不由自主的緊繃。這兩者恰好背道而馳。

所以，親愛的，想要平靜，你該做的不是努力，而是放下。

放下種種矛盾爭戰。放下和別人的比較輸贏。放下對昨日的悔恨與明日的迷惘。

平靜不是靠努力，而在於願意鬆開種種執著，也鬆開執迷的自我。

最無常的是自己的心

世事無常，心也是。

或許該這麼說：世事無常，但還有什麼比自己的心更無常？

上一刻還喜氣洋洋，下一刻就憂愁萬狀。

你的心彷彿有自己的意志，不受你的意願所管轄。

而你也會發現，所有的情緒都不長久，時時刻刻都在流動變化。

所以，親愛的，憤怒的時候，看著你的心，告訴自己，這一切都會過去。

憂傷的時候，也看著你的心，告訴自己，這一切也會過去。

生氣時的你自己就是第一個受害者

每一次大發雷霆之後，你都覺得好累。像是岩漿噴發殆盡的火山口，奄奄一息。

生氣是一件如此耗損能量的事，熊熊怒火燒燬一切，彷彿把你內在的所有都掏空。

憤怒讓你失去平靜，失去理智，讓你的身心被一種負面情緒佔據；憤怒讓你失去自己。

請記得，當你生氣時，你自己就是第一個受害者。

因此，親愛的，愛自己的原則之一，就是在任何狀況之下，都要保持平靜的心。

難過的時候吹吹風

難過的時候，就去吹吹風。然後告訴自己，一切都會過去的。

也真的一切都過去了。你已回想不起上一回悲傷時為什麼會去吹風，而下一回吹風時，今日的憂愁又在哪裡呢？

早已被風帶走，散向八荒九垓，無影無蹤。

所以親愛的，去吹吹風吧，感受風拂過的溫柔，那種撫慰的能量。

也感受風來去不定的無常，像人間的悲歡離合一樣。

解開心的纜繩

有時候，你會困在某種狀態裡，進也不是，退也不是。你用盡了力氣，卻無法離開那個僵局。

這就好像，你拚命滑著一艘小舟，卻始終在原地打轉一樣。

那也許是因為，你未曾解開小舟的纜繩，它還拴在岸邊的木樁上，所以你再怎麼努力，也無法前進。

親愛的，如果你的心沒有鬆開，是到達不了任何地方的。

心自由了，就沒有什麼能困住你了。

放下了，一切也就海闊天空了。

不要常常想著我

親愛的，想想看，讓你不開心的事，是不是都與「我」有關？是啊，「我的」感情，「我的」錢財，「我的」外貌……「我」往往有最多的問題，最令你心煩。

再想想，當你感到平靜的時候，是不是都處於無我的狀態？是啊，在內外一切一片和諧的美好時刻，你總是忘了「我」，忘了自己的感情、錢財、外貌，以及其他與「我」有關的煩惱。

總是想著「我」，是很難快樂的。想著別人如何看「我」，更是開心不起來。

所以，親愛的，別那麼常常想著「我」。

與其想著「我」，不如想著風，想著雲，想著花，想著他人臉上的一朵微笑。

把壞心情變成好心情

愈是寒冷的冬天，愈適合吃火鍋。

酷熱難耐的夏天，則是吃冰的好季節。

如果迷了路，正好可以探索一個沒到過的地方。

遺失了一百元，該想想還好遺失的不是更重要的東西。

若是因為雨天取消了戶外活動的計畫，就安靜地讀一本書吧。

當一段感情無可挽回的時候，回到一個人的狀態是另一種幸福與自由。

親愛的，這個世界是中性的，感覺則由個人自訂，所以，無論何時何地，無論遇到怎樣的事情，只要改變你的觀點，永遠都可以把壞心情變成好心情。

拒絕負面情緒在你的頭上築巢

你知道那種食物有毒，所以不會吃下它。但是你也知道某種負面情緒有毒，又為何讓它繼續破壞你的心靈健康呢？

不安、焦慮、恐懼……是每個人都會感受到的負面情緒，而親愛的，靜觀它們的生起與來去就好，別讓它們進一步地作亂。

就像那句西洋諺語：「你不能阻止一群鳥兒繞著你飛，但你可以拒絕牠們在你的頭上築巢。」

親愛的，看著自己的負面念頭，知道它們會來也會走，於是你會發現，那真的就像一群鳥兒，來了也走了。

停下來感覺自己的呼吸

你常常覺得一切都匆匆忙忙，你的心往往處於一種急促的狀態。

你總是在工作與家庭、在事業與學業、在各種身份之中轉來轉去忙來忙去，你一直覺得太多事要做而分身乏術。

親愛的，當心裡很急的時候，就停下來，靜靜感覺自己的呼吸。在一呼一吸之間，你漸漸回到自己的內在。

生活不該是童話故事裡那雙受詛咒的紅舞鞋，你也不是那個一旦穿上紅舞鞋就被迫跳舞不停的小女孩。你可以停下來。

停下來，然後感覺自己的呼吸。這是最簡單的靜心，而且隨時隨地皆可進行。

平淡才能襯出精采

流年如流水，不停流去的平淡與瑣碎是人生的常態；而偶然的驚喜和片刻的歡愉，則是揚起復散落的水花。

親愛的，要接受那些驚喜和歡愉，也要接受所有瑣碎的常態。就像一條河無法被切割，你也不能只要快樂而不要平凡的日子。也正是因為那些平淡與瑣碎，才襯出偶爾的精采，就像沒有了不停流去的流水，也不會有揚起復散落的水花。

記得你的選擇權

你可以選擇當下就放下那團亂麻，也可以選擇繼續捲入其中。

你可以選擇在一段剪不斷理還亂的關係裡左右為難，也可以選擇一個人雲淡風輕的自由。

當你困在某種虛耗的狀態裡時，只要記得自己是有選擇權的，你就會立刻感到充滿能量。

親愛的，隨時隨地你都有權選擇，你可以選擇讓自己快樂，也可以選擇不再為他人神傷。

往前走，路就會出來

人生裡有許多不得不。

不得不離開一個人，一個地方，或是一種狀態。

先前你可能千迴百轉仍下不了決定，那樣的猶豫不決總是令人難受，但一旦有了決心，所有的雲霧都會散開，一切清楚瞭然，眼前將雲淡風輕。

所以就往前走吧，往前走，路就會出來了。

最重要的是，親愛的，你已經離開了，就別再回頭看了。

以愛面對恐懼

恐懼是一種內縮的能量，一顆心被侷限在某個困境裡，動彈不得，不能成就任何事情。

愛則是一種擴張的能量，由衷地想去給予，想去擁抱，雖然不求回報，卻成就了一切。

所以，愛的相反不是憎恨，甚至不是冷漠，而是恐懼。

親愛的，當你用恐懼去對應恐懼，只是陷入更深的困境；唯有用愛去面對恐懼，才能融解冰封的負面情緒，讓鬱積化為流水，讓該過去的過去。

過去的事已如夢境

如果想起那件事依然讓你感到痛苦，就告訴自己，那只是一場噩夢，無論曾經如何難熬，也都過去了，已經沒事了。

真的，再怎麼難過的事都會過去，過去了就成了一場從前的夢境，不會再煩擾你了。

除非是你自己念念不忘，反覆召喚它再回來。但回來的也只是你對它的感覺，不是事件本身。

所以，親愛的，事情過了就別想了。再想，就是故意和自己過不去了。

笑一個吧

親愛的，你今天心情好嗎？

也許你很快樂，也許你有點憂傷，但無論如何，你願意讓你身旁的人有個美好的今天嗎？

所以送給別人你的微笑吧。

你知道你有魔法般的微笑嗎？它不但可以讓別人感到舒暢，也可以提升你自己的氣場。

親愛的，因為你把笑容像花一樣送給了別人，於是你也沾染了滿心的芳香。

讓快樂來追求你

你說追求快樂好難，那麼，親愛的，就讓快樂來追求你吧。

秘訣就是，你要讓那個追求的箭頭改變它的方向。

以前你的箭頭是由內而外的，現在，你將讓它由外而內。

外在的是名利權位，內在的是你的心。

名利權位永遠追逐無盡，人生的重點如果是放在外在的競爭，快樂將成為很艱難的奢望，轉而向內，安靜地看著自己，喜悅就在其中。

安靜地與世界在一起

常常是在與他人道別，轉身之後，你感到世界在你的周圍清晰了起來。

總是在這種時刻，你明顯地感到自己的輕盈、自由與孤獨，也感到自己的存在。

用多少時間與別人相處，就用同樣的時間與自己獨處。這是一種自我的平衡，也是必要的靜心。

可以安靜地與自己在一起，世界才會安靜地與你在一起。

親愛的，當你感到單獨自己一個人的時候，卻擁有整個世界的陪伴。

愛是光源

親愛的，你知道嗎？你的心裡有一盞燈。

當這盞燈開啟，你的心裡光亮又溫暖。當這盞燈關閉，你的內在就落入一片寒冷與黑暗。

你當然要讓它維持在開啟的狀態，而愛就是供應這盞燈的電源。

所以親愛的，不要保留地去愛吧。

心裡有愛的時候，自己也會得到愛的感覺。以愛照亮別人的時候，自己也會被愛照亮。

看見被忽略的細節

你的心若是一片喧鬧，眼前的一切就如火車轟隆隆駛過，只是一片模糊。

當你的心很安靜的時候，整個世界也將一片清朗。

這時你會看見許多被忽略的細節，例如路邊那叢搖曳的野花，例如天天經過卻沒發現的那扇有著藍色紗簾的窗。

所以，親愛的，試著讓自己的心安靜下來吧。

靜下心來讀一本書，或是靜下心來看一隻蝴蝶飛舞。用一顆安靜的心去觀看這個世界，它將回饋給你驚喜無數。

想著懊惱的事就像聽著壞掉的唱片

你不斷地想著那件讓你懊惱的事，就像反覆聽著一張有刮痕的唱片，總是在同一個地方過不去，不斷地跳針。

但就算你把那張唱片聽得再多次，刮痕也不會消失；一如你把那件事情想得再多次，讓你自己過不去的那個坎也依然存在。

親愛的，事情已經發生了，也應該過去了。然而你若一再想著它，它就無法過去。

所以放下那件事吧，那只是一張壞掉的唱片，別再反覆聆聽，別再和自己過不去地一再想起。

讓複雜變得簡單

人與人之間，總是微妙的。

因為那種微妙的、難以言喻的、捉摸不定的、一個輕微閃失就會讓人上升或下墜的感覺，所以有時候會把簡單的狀況弄複雜了。

說得淺白一點，也就是人與人之間，往往會莫名地有了心結。

但相對的，複雜的也可以變得簡單，而這取決於一種成熟地面對人際關係的能力。

所謂成熟，就是看山是山，看水是水，不會東想西想胡思亂想，而且可以很輕鬆地讓那種微妙的感覺在瞬間成為過去。

本來就什麼事都沒有，只是某種微妙的感覺在作祟而已。

所以，親愛的，學著對許多無傷大雅的小狀況一笑置之，當下就放下，別讓那些絲絲縷縷牽牽絆絆往心裡去，那沒有任何益處，只是為難了自己。

最美的樣子

在沒有觀眾的舞台上，那個女孩盡情地獨舞，舞得那樣美麗，並不因為無人觀賞而失落。

或許就是因為沒有觀眾，所以她才能那樣自在。她的意識專注在自己的肢體上，在個人的內在感覺裡，那使她由內而外呈現出迷人的光芒。

親愛的，你也是這樣的，在個人的舞台上盡情展現你自己，不需要去注意外界的掌聲，只要專注在自己的意識裡，就會呈現出最美的樣子。

真正屬於你的，從來都不是需要用力抓住的。

昨天已經用舊了，過去了，就算有再多的失落悵惘也都不重要了。不要再拖著昨天的影子度過今天，那並不能改變昨天，只會令今天舉步維艱。

世事無常，但還有什麼比自己的心更無常？

憤怒的時候，看著你的心，告訴自己，這一切都會過去。憂傷的時候，也看著你的心，告訴自己，這一切也會過去。

當你困在某種虛耗的狀態裡時，只要記得自己是有選擇權的，你就會立刻感到充滿能量。

可以安靜地與自己在一起，世界才會安靜地與你在一起。

心裡有愛的時候，自己也會得到愛的感覺。以愛照亮別人的時候，自己也會被愛照亮。

親愛的，因為你把笑容像花一樣送給了別人，於是你也沾染了滿心的芳香。

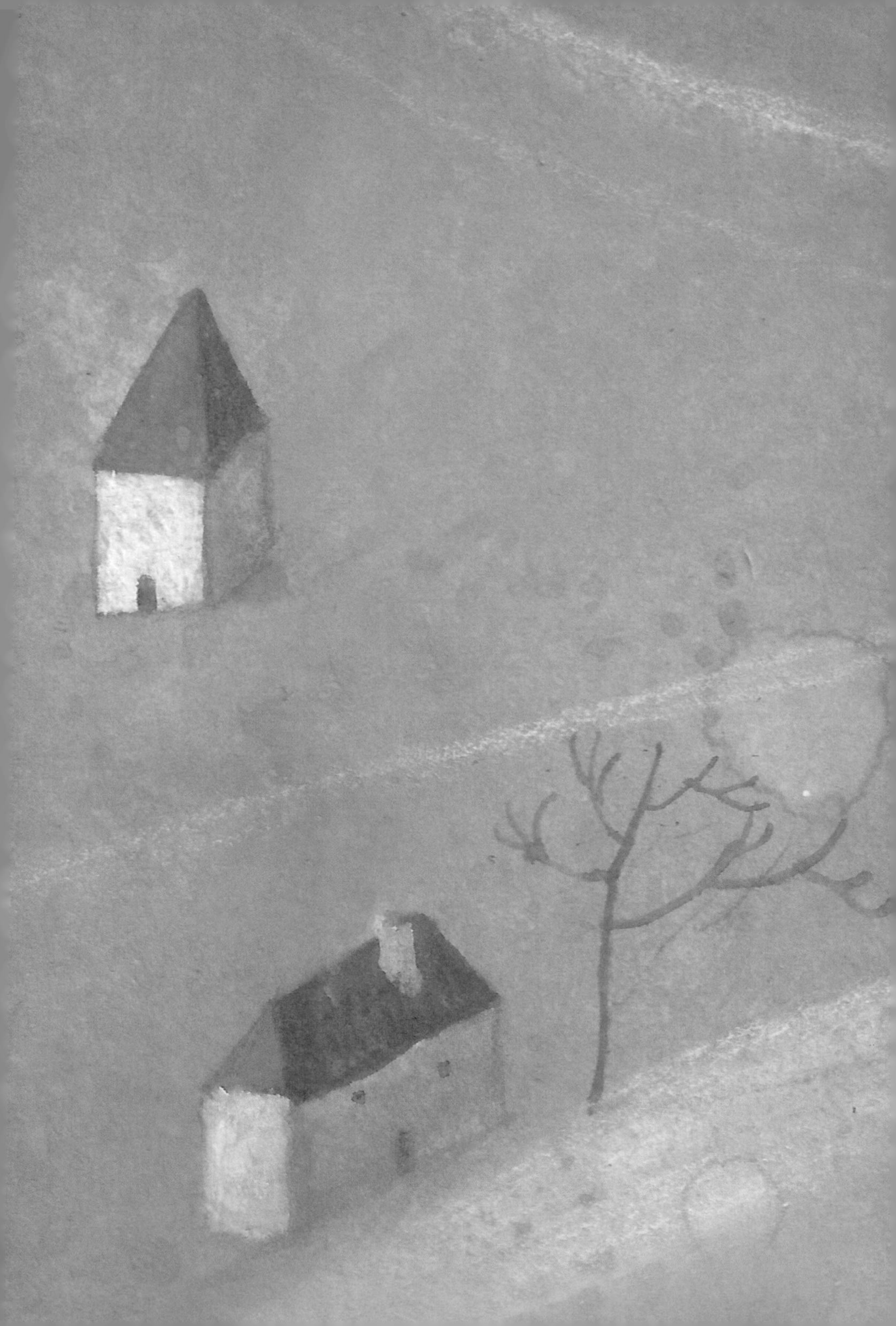

Part 4

每一天都是祝福，都是奇蹟

夢的療癒

快樂就是，從一個很不快樂的夢裡醒來，發現那只是一個夢，夢中的一切都沒有發生，瞬間你大大鬆了一口氣。

於是你發現，美夢雖好，但有時噩夢更有療癒價值，充滿撥亂反正的意義。

親愛的，人生不也是一場大夢嗎？當你感到痛苦、焦慮、迷惘、失落的時候，輕輕問自己一句：這是真的嗎？

這是真的嗎？其實這只是一場夢呢。

每當這麼一問一答，就是短暫地醒來。

常常這麼自問自答，就不會糾纏在人生之夢的無解裡。

看雲飄來飄去

親愛的，心情不好嗎？那麼抬頭看看天上的雲吧。

你看，雲沒有一定的形狀，永遠在不停地變化，就好像無常的世事一樣。

看著雲的來去，彷彿看著天上的戲劇。

而人間的一切，也像雲一樣，現在是這樣，後來是那樣，今日的流水是明日的海洋。

所以，親愛的，沒有什麼好過不去的，在你在意的當下，事情已經在悄悄地變化，一如天上的雲一直在飄移聚散，上一刻與下一刻都不一樣。

心是人生的土地

那顆種子落在豐潤的土地裡，不久之後就發芽成長，時間過去，它也漸漸變成一棵樹，有一天忽然開出美麗的花，花落之後結出了甜蜜多汁的果子。

但風也曾經把另一顆種子吹向另一片貧瘠的土地，而它躺在那裡，多年過去，毫無動靜，只是被風沙一層層地掩埋而已。

這就好像，當你用正向的力量去期待並進行某件事情，有一天總會有你想要的結果實現，但你若對自己充滿了悲觀、懷疑，而且從未開始，又怎麼會有讓你開心的事情發生呢？

親愛的，你的心就是你人生的土地，你若希望美好的一切在你的人生裡開花結果，就要先讓你的心成為沃土，讓樂觀與自信的甘泉在心田裡流過。

旅行是生活裡的深呼吸

有時候，你需要一場旅行。

於是你從生活中出走，離開既定的軌道，去認識一個新的地方，也認識一個新的自己。

這就好像，當你潛在水裡，不時需要浮出水面來深呼吸一樣。

旅行就是日常生活中的深呼吸。

旅行這場深呼吸，吐出你的鬱積，讓你生活的肺葉裡充滿新鮮的空氣，以一個新的自己代替一個舊的自己。

在高處才能觀照全局

你上過那座高樓的觀景台嗎？

在那樣的高處，俯瞰一切，你有怎樣的感覺？

原本看來高聳的建築顯得渺小了。錯綜複雜的道路一目瞭然了。以為沒有盡頭的河流有出海口了。

而你原本的愁緒憂思也一掃而空，心境瞬間清朗無雲。

於是你明白了，許多事看來難以解決，是因為當你置身其中就難以看清，但你若提升了自己的高度，便能觀照全局。

親愛的，讓自己常常站在高處，那麼，那些讓你憂慮煩惱的，讓你怏怏不樂的，不過是滄海一粟。

身體或靈魂必須有一個在路上

旅行是一種閱讀世界的方式，而閱讀是心靈的旅行。

行萬里路與讀萬卷書，都能令人胸襟遼闊，眼界大開。若是不讀書也不旅行，那就像某種自我監禁，只是停留在原地而已。

生命總是往前的，人生總是流動的，自我總是追求成長的。

就像那句話說的：或是旅行，或是讀書，身體或靈魂，必須有一個在路上。所以，親愛的，上路吧。

平安地度過每一天就是一個奇蹟

大部份的時候，你的日子平順得像一條水流，你重複著上床下床，上班下班，走路搭車，日復一日；雖然常常會有小小的煩惱，但並不阻礙所有日常的進行。

然而總在某些意外發生之後，你才發現，原來這樣的平凡並不容易。

於是你也才了悟，也許平安地度過每一天就是一個奇蹟，只是你天天都活在這樣的奇蹟中而不自知。

因此，親愛的，請常常心存感謝，感謝這日復一日的平安與平凡，因為這一切其實並非理所當然。

上天給予你的愛無私且無限

有一棵野生的蘋果樹，春天開了花，秋天結了果。春天的你經過，在它的枝葉下乘涼。秋天的你經過，摘下了成熟的蘋果。

這棵蘋果樹總在給予，為你遮蔭，讓你解渴，還開美麗的花讓你欣賞，且它從未說過什麼，也沒有要你回報什麼，只是默默付出，像一種溫柔的愛。

是的，這棵蘋果樹愛著你，或者說，上天藉著一棵蘋果樹來愛你。而你只要張開心靈的視野，就會發現這樣的愛無處不在。

這個世界何其豐盛，而且是不求回報的給予。

親愛的，就像每一棵蘋果樹都蘊藏著無限的種子，無限的種子會成為無限的蘋果樹，再結出無限的果子——上天所給予你的愛也是溫柔無私，慈愛無限。

感謝的心讓你幸福

有風的午後，你沿著街走，看著路旁的行道樹，葉隙間灑落的點點陽光，這一切如此平凡，但你心裡充滿感謝。

感謝眼前的世界是這般美好，感謝自己是這整個存在的一部份，也因為這樣的感謝而相信神的存在。

沒有什麼為什麼，在這個當下，你就是覺得自己很幸福。

幸福感的到來往往在很平凡的事物上，也許只是一個有風的午後，也許只是因為一顆感謝的心。

被整個宇宙愛著的時刻

有風有光的天氣，你總是有好心情。

在這樣的時刻，你沒有特別想起什麼，也沒有刻意遺忘什麼，但空中自然飄浮著美好的什麼，在你的心頭蕩漾著愉悅的什麼。

於是在這樣的時刻，你不在過去，也不在未來，只是全心全意地沐浴在溫暖的陽光中，沉浸在溫柔的和風裡。

於是在這個有風有光的當下，你感覺到被整個宇宙所愛，也感受到自己在這宇宙中既光明又流動的存在。

自由自在是你的本質

花叢裡的蝴蝶，草原上的飛鳥，都是自由的。
山邊這棵大樹，河畔那株楊柳，都是自在的。
自由自在本來就是神所賦予，自然界的一切不過呈現了生命本來的樣子。

即使是非洲草原上的羚羊也是一派悠閒，除非強大的肉食性動物出現不會驚慌，而當威脅解除，羚羊又會回到原本從容的模樣。

親愛的，你也是自然界的一部份，你的本質也該是自由自在的。
你要像蝴蝶與飛鳥那樣表現自己該有的樣子，也要像羚羊一樣，事情過了就放下。

心裡溫暖就不冷

天氣很冷，冷到呼出的氣息好像瞬間都會化為冷霧。為了某些事情感到煩惱的你走在路上，心裡也有些寒意。

但走著走著，不知什麼時候，陽光出來了，為這個世界注入一些暖意。

因為有光的緣故，讓你忽然覺得一切都很好，就算有什麼不好也一定會變好。這個當下，是那樣令人充滿希望的感覺。

正是因為有光的緣故，你霎時明白了，天氣再冷其實也無所謂，心裡覺得溫暖就好了。

靜觀並接受一切無常

昨天的感覺還是炎熱的盛夏，今日一早醒來，卻如置身深秋。

天氣在一夜之間換季，如此無常，人生也是一樣。

昨天還傾談歡笑的朋友，今日天涯各方。

昨天以為永遠存在的誓言，今日已成逝去的回憶。

人生如此無常，就像天氣一樣。

你想，在無常之中，自己能做的是什麼？能留住的又是什麼呢？

親愛的，什麼也不必做，也沒什麼好挽留，只要靜觀這一切變化，

同時接受一切發生。

走就是了

走一走，凝結的血液開始循環了。

走一走，卡住的能量漸漸流動了。

走一走，想不通的那件事豁然開朗了。

走一走，忘不掉的那個人就被拋在身後了。

親愛的，許多時候，別管那麼多，走就是了。

一直走一直走，走過沼澤與河流，走過密林與花園，走過荒地與草原。

一直走一直走，世界就會在你向前走的時候改變了。

放心交託

你曾經在土裡埋下一顆種子，期待它開花。但由於你不放心地澆了太多水，它就因為腐爛而化為塵泥了，甚至來不及發芽。

太多的期待，有時反而成為阻礙。因為期待裡總有焦慮，而焦慮往往是破壞力特強的負面能量。

所以，在許下那個心願之後，就放它去了吧。

放它去，像是把一艘紙摺船流進宇宙大河裡。畢竟能成就你的心願的不是你，而是宇宙的大能。如果你不信任這股力量，祂又如何接手？

親愛的，放心交託吧，唯有如此，神性才能接手去完成它。

把怨言改成謝詞

有些時候，為了那些你沒有的與失去的，你會埋怨上天，覺得祂不公平。

但親愛的，你也有許多別人沒有的，而且你還有更多得到的。想想你所擁有的，你就會發現上天對你是厚愛的。

與其常常怨天尤人，不如時時心存感謝。

來試試看一個實驗：當你想要抱怨時，就把怨言改成謝詞。而你將發現，當你感謝得愈多，厚愛你的上天就會給你更多。

親近一棵樹

親愛的，你是否想過，樹是比人類更進化的存在。

樹的木材打造人類的家，樹的花葉可以做菜或入藥，樹的根部涵養土地，樹的呼吸調節大氣。走在樹林裡，清涼的芬多精讓人愉悅寧靜。

對於這個世界，樹從來只有無私的奉獻，不曾有過任何破壞。

聽說樹與樹之間可以用意念交談，而你心裡想的，樹也都知道。

樹是高於人類的生靈。

每一棵樹都有獨特的姿態。每一棵樹的枝枒都伸向天空。每一棵樹都像高僧一樣，處於與世無爭的冥想狀態。

親愛的，常常去親近樹吧，每一棵樹都會告訴你很多很多，在它的靜默之中。

懷著感謝的心情進食

親愛的，說說食物吧。你有好好地吃東西嗎？

每一次進食之前，你可曾感謝天地的賜予？

每一次進食之中，你是否專心感受食物的滋味？

每一次進食之後，你是覺得幸福還是感到罪惡？

你知道嗎？你對食物的感覺，往往決定了它對你的作用。

就像那句英文諺語：You are what you eat. 你吃下去的食物，會成為你的一部份，所以當你用正面的心態去吃東西時，食物就會對你形成正面作用。

相反的，你若以負面的心態對待食物，它也會為你帶來負面的效果。

親愛的，要懷著感謝的心情進食，而非帶著負擔來吃喝；要讓食物為你帶來營養，而不是造成罪惡感堆積的肥胖。

聆聽夜雨

夜裡你習慣打開音響，聽聽簡單的弦音，那是輕柔的音樂，適合每一個沉靜的夜。

但下雨的夜裡，你什麼音樂也不聽，只是專心聆聽雨聲，聽雨敲打在窗簷上，在陽台的花葉上，也敲打在你的心上。

夜晚的雨聲讓夜更深邃，更幽暗。聽著夜雨，你彷彿成為夜的本身，進入無限寂靜的彼岸。

你和上天的親密對話

你常常禱告嗎？你相信禱告是有力量的嗎？

禱告與宗教無關，而是個人與上天的親密對話。當你覺得有些心事告訴別人並沒有用時，就告訴神吧。

禱告並不是帶著匱乏與焦慮去祈求什麼，而是把心中的期待交託給那無所不在、無所不能的神奇力量，然後就放心讓整個宇宙去運作。

親愛的，用感謝的心去禱告，就像你的心願已經完成了一樣；用相信的心去禱告，你的心願也必然會實現。

感謝今日的平安

許多事看似理所當然，其實不然。

總要在失去什麼之後，你才驚覺，原來每日的平順與平凡，是多麼令人感謝的恩寵。

原來你一直是被愛被保護的。

原來在不知不覺中，你得到的是那麼多。

那麼，親愛的，為了這份平安，常常心存感謝吧。

感謝至高無上的主宰，讓你在完美的平安中度過今天。

也感謝祂，讓你所愛的人和愛你的人，也在今天得到完美的平安。

因為這樣的領悟，你甚至會感謝你所失去的。

因為衷心的感謝，親愛的，你將得到源源不絕的更多。

你有夢想嗎？

親愛的，你有夢想嗎？

夢想是光，若是沒有夢想，人生猶如萬古長夜。

夢想是個人專屬的燈塔，而你是人生的水手，若是沒有夢想，就彷彿在黑暗的大海上漫無目的地漂流。

所以，親愛的，你有夢想嗎？那是一個值得實踐的夢想嗎？你正朝著你的夢想走去嗎？

先當一個快樂的人

冰天雪地開不出春天的繁花，乾枯的沙漠也長不出青綠的枝枒。

不快樂的兩人之間不會有快樂的關係。也許一開始會有短暫的喜悅，但很快地，各自的寂寞就會凌駕一切。再後來，這樣的寂寞會加倍，這個關係會讓彼此更不快樂。

從來沒有誰可以拯救誰，真正的快樂只能自己給。

親愛的，先當一個快樂的人，你才能與另一個人共同創造快樂的關係。就像豐腴的土壤才適合開花，靠近水源之地才有鮮美的芳草。

你是自己人生的編劇

這世界是一面投影機，映照出你心裡的信念。你想的是什麼，它就映出了什麼。

當你心裡有花開，你就會覺得生命風和日麗，碰到的都是好人好事。可是若你的心裡一片枯索凋零，你就會覺得總是遭逢不幸，簡直了無生趣。

所以，如果碰見了討厭的人事物，與其抱怨，不如回到自己的內心去看看，是什麼信念讓你對外投射出這套劇本？

了解自己內心出了什麼問題，你才會知道需要做哪些改變。改變內在的信念之後，外在的際遇也將隨之變化。

親愛的，人生是你的，你就是自己的編劇。

以愛去選擇

有些時候，你站在十字路口，不知如何抉擇，不知該怎麼辦。
也有些時候，你心中充滿失望，充滿對某個人的憤怒與批判。
這些時刻都讓你不好過。
那麼，親愛的，懷著愛，用愛去選擇，用愛去對待。
願意去愛，讓你在瞬間脫離外在的徬徨困惑，回到自己內在的狀態。
這樣的你，會知道該怎麼做，會以一種柔軟的同理心去看待。
所以，親愛的，懷著愛。愛是你內在不可思議與不可限量的能量，也是一種核心，一種指引，永遠讓你知道如何去選擇，如何去對待。

你很美

你希望自己很美，所以你對自己充滿嚴格的要求。然而這些自我要求讓你常常感到緊繃，總是小心翼翼，擔心出錯。

親愛的，不必要求完美。

不再要求完美，你就完整了。

當你是個完整的人，你所散發的自在，平和，寧靜，會讓你看起來從容又愉悅，也會讓別人與你相處感到舒服。

而這樣的你，必然很美。

好好對待一個人

因為一架飛機的殞落，讓你感歎人生難料，一個意外就可能在瞬間瓦解一切。

在無常之前，所有的名利權位皆如天邊浮雲，一陣風來就全散了。

所以還有什麼比平安更重要呢？只要身邊的人都安好，就是世界上最幸運的人了。

從現在到以後，從此地到他方，你想，若能好好對待一個人，那個人也能好好對待自己，或許就是餘生最重要的事了。

人間的一切，也像雲一樣，現在是這樣，後來是那樣，今日的流水是明日的海洋。

你的心就是你人生的土地，你若希望美好的一切在你的人生裡開花結果，就要先讓你的心成為沃土，讓樂觀與自信的甘泉在心田裡流過。

旅行這場深呼吸，吐出你的鬱積，讓你生活的肺葉裡充滿新鮮的空氣，以一個新的自己代替一個舊的自己。

也許平安地度過每一天就是一個奇蹟，只是你天天都活在這樣的奇蹟中而不自知。

幸福感的到來往往在很平凡的事物上，也許只是一個有風的午後，也許只是因為一顆感謝的心。

在這個有風有光的當下，你感覺到被整個宇宙所愛，也感受到自己在這宇宙中既光明又流動的存在。

夢想是個人專屬的燈塔，而你是人生的水手，若是沒有夢想，就彷彿在黑暗的大海上漫無目的地漂流。

親愛的，人生是你的，你就是自己的編劇。

國家圖書館出版品預行編目資料

朵朵小語：你笑了，花開了 / 朵朵著 .
-- 初版 . -- 臺北市：皇冠, 2015.05
面；公分. --（皇冠叢書；第4468種）(TEA TIME；4)
ISBN 978-957-33-3149-0（平裝）

855 104004856

皇冠叢書第 4468 種
TEA TIME 04

朵朵小語：你笑了，花開了

作　　者—朵朵
發 行 人—平雲
出版發行—皇冠文化出版有限公司
台北市敦化北路 120 巷 50 號
電話◎ 02-27168888
郵撥帳號◎ 15261516 號
皇冠出版社（香港）有限公司
香港上環文咸東街 50 號寶恒商業中心
23 樓 2301-3 室
電話◎ 2529-1778　傳真◎ 2527-0904
責任編輯—張懿祥
美術設計—程郁婷
著作完成日期— 2015 年 1 月
初版一刷日期— 2015 年 5 月
初版二刷日期— 2019 年 1 月
法律顧問—王惠光律師

讀者服務傳真專線◎ 02-27150507
電腦編號◎ 421004
ISBN ◎ 978-957-33-3149-0
Printed in Taiwan
本書定價◎新台幣 280 元 / 港幣 93 元